当代诗人自选诗

# 悲悯的土地

迟云 著

中国书籍出版社
China Book Press

图书在版编目（CIP）数据

悲悯的土地 / 迟云著 . — 北京 : 中国书籍出版社，2019.4
ISBN 978-7-5068-7233-1

Ⅰ . ①悲… Ⅱ . ①迟… Ⅲ . ①诗集—中国—当代 Ⅳ . ① I227

中国版本图书馆 CIP 数据核字 (2019) 第 027509 号

## 悲悯的土地

迟　云 著

| 图书策划 | 成晓春　崔付建 |
|---|---|
| 责任编辑 | 尹　浩 |
| 责任印制 | 孙马飞　马　芝 |
| 出版发行 | 中国书籍出版社 |
| 地　　址 | 北京市丰台区三路居路 97 号（邮编：100073） |
| 电　　话 | （010）52257143（总编室）　（010）52257140（发行部） |
| 电子邮箱 | eo@chinabp.com.cn |
| 经　　销 | 全国新华书店 |
| 印　　刷 | 三河市华东印刷有限公司 |
| 开　　本 | 880 毫米 ×1230 毫米　1/32 |
| 字　　数 | 70 千字 |
| 印　　张 | 7.25 |
| 版　　次 | 2019 年 4 月第 1 版　　2019 年 4 月第 1 次印刷 |
| 书　　号 | ISBN 978-7-5068-7233-1 |
| 定　　价 | 45.00 元 |

版权所有　翻印必究

# 目录 / Contents

001　蛇皮袋子
003　七月的工地
005　季节,乍暖还寒
007　围　城
009　逆城市化的梦想
011　渴望像青蛙一样激情地喊一声
013　列祖列宗
015　在屋檐下
017　关于石碾的恐惧
019　人生麦茬地
021　对　话
023　家乡正在变得丑陋
025　乡村与牛一样自卑

027　故乡的秋夜

029　故乡的河流是一条脐带

031　乡村的磷火

033　乡路是从天空飘落的炊烟

035　自然界的辩证法

037　谷　子

039　致敬麦子

042　赞美一棵老柿子树

044　谛听作物拔节的声音

046　一棵树，孤独地站在山坡上

048　灵魂在故乡

050　分裂之人

052　心中刮起真实的风

054　在夜色里游走

057　独饮苍茫中的美丽和孤寂

059　天空总有猩红的鲜血落下

061　我感到了大地的摇晃

063　被膨化了的种子不再是种子

065　匆忙之间

067　麻木已经成为一种常态的存在

069　淡定之人游走于阴阳两界

071　树不语，风也不语

073　穿过八百年的原始森林

076　思想让青草地蔓延

078　活在自己的世界

081　寺院一会儿远一会儿近

083　滑行的境界

085　当我很老很老的时候

087　凉，让一些心壁长出细密的白发

089　岁月的雕刀不曾停歇

091　养护心灵之花

093　一支铅笔的梦游

095　肉体世俗灵魂纯洁

097　阳光，找不到回家的路

099　遭遇雾霾

101　与蟋蟀交流

103　我的灵魂附身于一只幸福的羔羊

105　我的天坑生活

107　我只想做一条普通的鱼儿

109　如果月亮是一只摆渡的船

111　那些曾经风干的记忆

113　每一个圆圈都碰撞着坎坷

115　渴望轮回

117　学会独处

119　遇见影影绰绰的魂灵

121　当路定格于内心

123　找不到灵魂栖居的原乡

125　扰乱了宁静的时光

127　充满惊讶与茫然

129　沉默的雨在嚣张地下

131 黄土高原牧歌(组诗)

140 二月二,龙抬头

143 水的状态

145 树的状态

148 岸之状态

150 走进自然

153 走进婉约的季节

155 梅枝的花蕾

157 烟　雨

159 忧　春

161 春天的苇塘

163 夏日问荷

165 无　题

166 地上盖满秋天的印章

168 走过冬的山野

170 冬日的荷塘

172 冰雪覆盖的原野

174 熨平一地感性的月光

176 初识草原

178 雨的性格

180 痕　迹

182 落叶飘零

184 历　练

185 地球仪

186 黑礁石

188　大汶口
190　泰山无字碑
192　走进曲阜
194　泗　水
195　农民父亲
198　没有为父亲写悼词
200　父亲在阴间还是农民
202　与风耳语
204　心中有只鸟儿飞临
206　爹的坟堆在秋雨中寂寞
208　父亲的地堰
210　母亲·太阳
212　沉重的镰刀
213　今夜的流水带有忧伤
214　又见炊烟
215　妈妈，我怕
217　春天·奶奶的日子
219　让槐树的老枝长出新芽

## 蛇皮袋子

因为自己的肤色和形状
蛇皮袋子有了一个冰凉丑陋的名字

踩着弯弯曲曲的乡间小路
妹夫是扛着蛇皮袋子出门的
蛇皮袋子里装着四季的铺盖和衣服
也装着乡村化肥的气味和苞谷的清香
妹妹把眼泪和担心也悄悄地藏在里面
却让粗心的妹夫在路途挤来挤去
蛇皮袋子到达了繁华城市的郊区
落脚在一排低矮潮湿的工棚里
从此袋子开始装下钢筋扭曲的声音
开始装下挖掘机打夯机疲劳的喘息
蛇皮袋子也记下了粗饭淡汤的无奈
记下了黄段子和劣质纸烟的自慰
蛇皮袋子把对工头的愤怒藏在最底层

生怕它逃出袋口惹是生非
袋子春节前被黑黑瘦瘦的妹夫拎回家
里面有了馊味的衣被浸满碱花

妹妹抱着肮脏的蛇皮袋子
大颗心痛的泪滴滚落下来

2010.2.5

## 七月的工地

七月的树啊
为什么你蓬勃的叶子没有一片摇动

起重机在上上下下地忙碌
打夯机在咚咚撞击
砖块钢筋撕咬着啮合
汗水浑浊蚯蚓一样淌过
铿锵着膨胀的城市啊
楼房与拔节的玉米高粱一起成长
农民工为啥总像瓜蔓匍匐于田垄

一顶安全帽笼罩一个头颅
一块白毛巾擦拭一片思想
想到病榻上老爹的医药费
期望天空能飘过一朵清凉的云
想到孩子对大学校园的憧憬

期望脚手架能长出树叶来遮阴

骄阳似火
我感叹生长的季节同样生长无奈
青筋暴凸
我叩问不同的身份注定要绑架命运

七月的树啊
为什么你纷繁的叶子没有一片摇动

2011.8.8

## 季节，乍暖还寒

浓雾，带着一股憋闷的气息
笼罩城市的大街小巷
莫名的愁绪镶嵌在行人的眉宇
初春的季节有一种蜗行的感觉

天气已经干旱了一个季节
金融危机又让人们的心里结霜
乍暖还寒的风化不开灰色的情绪
马路行走在焦虑里

农民工市场人头攒动
伸长的脖子扛着希望
一声吆喝紧跟着一阵无奈
日子在压抑中渴望某种冲动

天空有三五滴雨水落下

戏弄着城里人的头发
农民的神情开始明朗
脸上仿佛长出花生和地瓜

2009.2

## 围 城

充盈的硫化气味刺激着嗅觉神经
一排又一排的汽车在喘息着蜗行
阴霾的天空气压很低
大脑仿佛行走在拥挤的云块里

崎岖的山道上依然有兄弟姐妹们在行进
城市化的太阳诱惑着他们如飞蛾扑火
而城里人的躯干已是行尸走肉
他们的灵魂早已在长满庄稼的乡间游走

围城越围越大
冲进来杀出去战场异常残酷
屠戮的理由仿佛都很充足
多数人都没有计算成本得失

突然怀念起陶潜的品性

渴望找回在欲望里走失的本真
又记起松下问童子的诗行
却不知道师傅的草药能否救世救心

2010.1.12

## 逆城市化的梦想

偶尔听到一曲圆润悠扬的木管吹响
仿佛在咏叹秋季田野的阳光
收获的花生静静地晾晒在裸露的田地
红透的高粱修长地站在远处的山冈
蛰伏的地瓜在感叹着霜降的折磨
枝头的苹果和山楂正期待着采摘
山风刮得自由自在
时间过得不紧不慢
乡村呈现出悠然的自然状态
真实得到处可以触触摸摸

偶尔看到一幅栅栏圈围的牧场图
红色的板房活动的羊群写意的生活
我忆起妹妹的红围巾裹着顽皮
弟弟的柳条哨吹着淘气
母亲灶间的柴火始终温情不灭

父亲的锄头和镰刀好像未曾寂寞
炊烟升腾丝缕分明
耕牛行走踏实自信
乡村沉淀尘世的浮躁喧哗
气定神闲犹如一部简明的哲学

可能是农民意识的隐约残留
梦想乡村是一种情绪的自动
反时代的东西常常涌上心头
分辨不出它从属于感性还是理性

2010.8.29

## 渴望像青蛙一样激情地喊一声

初夏的夜晚婆娑而朦胧
月光如水
暖风似熏
一弯清凉的河水穿过树林

此起彼伏
蛙声一片
仿佛泣血的呼唤
又似无可奈何的哀怨
十里旷野
此刻是青蛙的世界

跌落的瓜价像一把钳子
把父亲的眉头拧得更紧了
护瓜之夜
在瓜棚里仰望飘渺的天空

不知道自己对应的是哪一颗星星

周围弥漫起潮湿的雾霭
土地散发出瓜秧和青草的气息
渴望像青蛙一样激情地喊一声
可是不知道该喊些什么
也不知道喊给谁听

2012.6.29

## 列祖列宗

一缕又一缕的炊烟
从农家的烟囱里升起
它们摇曳婀娜的步履
左顾右盼的神态
仿佛羽化的神仙,驾起
腾空的座莲

逢年过节
我经常看到列祖列宗们从大门鱼贯而入
有的宽容地颔首微笑
有的挑剔地皱眉叹息
他们品尝供奉的瓜果肉菜
喝散发浓烈乡情的白干老窖
他们巡视过后留下家族的密码基因
就三步一回头地走向灶口
从熟悉的烟囱里翩然而去

从燃烧煤炭到使用天然气
这些年乡村的灶口不再焚烧柴火了
烟火不旺
炊烟时断时续
我突然内心发紧,担心
明年的春节
列祖列宗们将如何穿过冰冷的烟道

2012.7.15

## 在屋檐下

我实在不愿意沿着既定的逻辑解读
这荒唐的语句

"人在屋檐下不得不低头"
说这种话的
一定是个无法排解郁闷的人
他怨恨着他人也怨恨着自己
然后就找个冰冷的台阶把自己放下

屋檐之下是亲人
屋檐之外是客人
想到屋檐我就想到温馨的老家
屋檐下紫燕筑窝
屋檐下壁虎攀爬
屋檐下挂满成辫的苞米成串的辣椒
屋檐下风干着腊肉和切成片状的熟地瓜

屋檐下也晾晒父亲的蓑衣和黄烟叶
屋檐下也悬挂歇息的镰刀和锄头
屋檐下常年飘散着柴烟味
屋檐下辑录着妈妈无尽的叮咛和牵挂

进门寻祖宗
出门养儿孙
屋檐可以遮阳
屋檐可以避雨
屋檐把远方的坎坷挡住
屋檐把熨实的温情留下

2012.3.19

## 关于石碾的恐惧

乡村。农业社会
古朴的石碾注定是一副醒目的标签
在画家的眼里
石碾是耕种文化的元素
在诗人的眼里
石碾是陶潜归隐的记忆
而石碾于我
是固定的半径
是不确定的周长
是天与地的旋转
是伴随着冷汗热汗一起涌流的
呕吐与晕眩

石碾转动
轴心呈现出一种有规律的声音
吱吱呀呀的旋律

仿佛对被粉碎的瓜干高粱诵经超度
声音于我
不是乡村风情画中的摇篮曲
而是内心对自由的追寻
和对简单重复的叛逆
每转动一圈
我都听到一个声音嘶哑地呐喊
我苦，我苦

曾经依靠石碾生活
却从不礼敬石碾
源于内心的恐惧
不关乎道德的分野

2012.7.22

## 人生麦茬地

成片的麦秆匍匐在地
成麻包的麦粒地头矗立
收割机经过一番轰鸣忙碌
高高低低的麦茬一片苍白
屠戮后的田野草腥四溢

如果每一棵麦子都有灵魂
麦茬地里的野鬼必定徘徊拥挤
如果每一棵麦子都是一具尸体
麦茬地里倒下的都是断腿将士

也曾在燕子的呢喃中返青
也曾拔节于诗意的蛙鸣
季风吹得万头攒动
阳光晒得黄金遍地
然而麦子的宿命就是悲剧

悲剧的意义是为了生命的延续

午后的麦茬地依然强光耀眼
升腾的热气如舞台的帷幕
死亡的麦茬将在风雨中腐烂
麦茬地将生长出玉米的新绿

麦茬如人生
跳动惆怅无奈的音符
人生麦茬地
流淌决绝担当的旋律
麦茬地数不清的垄行抒写沧桑
恰似中年人额上数不清的纹路

2010.7.5

## 对 话

镰刀闪过
麦秸匍匐倒下的悲壮
如麦芒一样刺向诗人的神经
遍地草味的清香
弥漫了思想的空间
心随麦浪涌动
催生出一腔感慨之情

诅咒着日头的恶毒
父亲把焦急写在脸上
收割的动作机械呆板
汗水没有淌出丁点美感
父亲的眼里没有诗歌
父亲的季节只有丰歉

哪一片云彩不下雨

谁家的田地不打粮
诗人说劳动之美在于体验
父亲说麦子要掉头颗粒要归仓
这时节诗歌就是土坷垃

        2009.12.13

## 家乡正在变得丑陋

山冈是村子后面的一片高地
高地上原本长满了茂密的树木
松树和槐树织成了绿色的屏障
跌宕的溪水流淌出自然的灵光

有一年村里人突然患了魔怔
拿起斧头砍伐山冈上的树木
几年以后山冈成了裸露的土地
雨水把泥土冲刷得沟壑纵横

催促布谷的杜鹃经年失声
锦绣彩衣的山鸡踪影全无
从此村庄暴露于风的施虐
失去恬静失去纯美开始走向破落

飘浮的炊烟再也画不出温馨的诗行

垄上的耕牛再也寻不到家园的记忆
村庄仿佛失血过多
脾气趋于暴躁脸色憔悴苍白

妯娌开始拌嘴
婆媳开始指责
男人们纷纷外出挣钱打工
犹如躲避瘟疫和战争

我不知道是否真的有风水和宿命
破坏了风水的村庄正变得丑陋
睡梦中常常突醒于惊悚
感觉丑陋具有了膨胀的力度

2011.8.24

## 乡村与牛一样自卑

低着头拉了一上午的犁
牛的脚步稳健中透着沉重
它用尾巴左抽右打　驱赶
奋不顾身叮咬的苍蝇和蠓虫

卸掉犁套的牛走到池塘的边沿饮水
水里倒映出身上一道一道的鞭痕
牛看见蒲草之间有红蜻蜓和蓝蜻蜓飞过
它们姿态轻盈在蒲草上产卵在空中做爱

水里有鲫鱼和白条鱼游来游去
水面上有水黾轻巧地躲闪腾挪
牛移动蹄子发出一声低沉的长哞
一阵心酸过后眼里淌下浑浊的泪滴

牛认为自己的命苦陷于无尽的自卑

牛不知道主人也认为命苦一直自卑缠身
主人更不知道进了城的孩子仍然惆怅
无奈的身心一直被无形的自卑包围

2012.1.1

## 故乡的秋夜

从城市回到乡村
莫名的惆怅就开始充盈内心

秋天的晚风透着爽滑的凉意
摇曳树的叶子发出哗啦啦的声音
半个月亮已经爬上天空
没有河水流淌的河床,消融
虫鸣起伏的诗意

乡村的土地正在减少
剩余的土地不再种植谷子
没有宽敞的打谷场
更没有高高的谷堆耸立
父亲已经去世
母亲风烛残年
听妈妈讲那过去的歌声

催生出一行忧伤的泪滴

村庄的土地大都改种苹果树和梨树
这时节枝头的果子尚未成熟
它们正无声无息地膨大糖化
像孕妇在紧张中渴望着惊喜

田野里飘浮着落果酸甜的气息
村民们已经习惯这种真实的味道
夜色正浓
鼾声响起
他们睡得生动而又踏实

2012.1.11

## 故乡的河流是一条脐带

河水不因季节而断断续续
它紧贴着地面蜿蜒起伏

河流扭动痉挛的样子
像产科病房里猩红的脐带
母亲静卧在什么地方
婴儿熟睡在哪个位置
我好像知道又不知道

母亲是否丰腴安康
婴儿是否自然顺利地生长
河流用粗细的流量制造悬念
水质用变化的刻度标示体征

此刻
天空飘落下纷纷的细雨

河段呈现出生动的明亮与暗色

一道门槛是一个季节
一条河流是精神的寄托
存储的底片里有多少欢乐
现实的相册里就有多少遗憾和失落

河水在沉寂中延伸
故乡在烟雨的山水中洇染
安静多么美好
偶尔的蛙鸣如婴儿的啼哭
发散出真实的硬度与无边的禅意

2014.8.7

## 乡村的磷火


在夜色里行走
崎岖的山路漫长而又孤独

树是黑色的
田野是黑色的
远处的山峦影影绰绰
而思想的道袍自由跳跃
如轻盈的磷火
仿佛在探究城乡的纹理
或者品味风声掠过时留下的气息

一个村庄消失了
又一个村庄消失了

村庄的鸡鸣狗吠
村庄的打情骂俏

甚至关于庄户的辈分格局
关于村民的风俗宗教
都随着中心村的崛起而消失
就像经过上午的阳光下午的暴雨
尽管电闪雷鸣轰轰烈烈
但归于夜色
都消融得如露水一样地来
如露水一样地去

于夜色里行走
孤独的身影如孤独的鹰隼
在乡愁的天空呈现出自由的神韵
我想吟咏怀旧的诗句为自己壮行
却发现土地公公亦在路上踟蹰
他的脑门放着冷光
亦如田野里跳动的磷火

2015.9.25

## 乡路是从天空飘落的炊烟

蜿蜒起伏的乡路
是相互扯连着的一条条绳索
网格状的态势
让乡村连着乡村
让乡情连着乡情

有了乡村就有了乡路
甚至没有乡村就已经有了乡路
乡路上有多少脚印就有多少故事

脚印有深的有浅的
脚印有正的有斜的
脚印有男人女人的也有牛马猪狗的
乡路的年龄太长了
它记不清听过多少遍迎亲的唢呐
也忘记走过了多少送葬的丧幡

坑坑洼洼的路面
沉淀了一层又一层沧桑的风声和雨滴

乡路是从天空飘落的炊烟
调和着悲欢离合的故事
散发着柴米油盐的气息
乡路一直以恬静的姿态
抱着断断续续的记忆
弯曲着纠结着
延续丝丝缕缕的乡愁

2015.1.17

## 自然界的辩证法

今夜
天空有流星雨滑过
人间将增加更多仰望的眼睛

然而
阴沉的乌云如一种包袱
把天体的壮美都装了进去
天空黑暗
仿佛什么都没有发生

该来的来了
不该来的也来了
两者的不期而遇
让期待在无奈中悄然流逝

而干旱的土地嗅到了雨水的气息

满坡的庄稼表情激动

此刻，我想潜入一株谷子沉思的内心
去体验世俗的黯然与伤害

2013.11.24

# 谷 子

在神农氏的跋涉里识别
在半坡人的陶罐里珍藏
在杜康的窖池里酝酿
在《齐民要术》的典籍中辉煌

谷子播种在春天的山冈上
绿叶上映着母亲的守望
谷子成长在夏日的雨水里
根部凝聚着父亲的思想

谷子秆生长出了诚实的气节
谷子穗垂下了羞涩的金黄
谷子把太阳装在了心里
谷子把子孙变成了无数粒太阳

谷子多像我操劳的爹娘

默默无闻成就了操守的榜样

谷穗越大头颅越低

期冀儿孙都放射出金黄的阳光

2009.2

## 致敬麦子

秋分前后
北中国乡村的土地
铧犁翻过
耧声响起
忙碌着播种麦子的人们

我从诗意的角度研究麦子
生发出对麦子的感慨与崇敬

麦子是谦和的
它不屑与其他作物争天时
秋意渐浓
田野归于疏朗和寂寞
而麦子则沉潜于土地的子宫
孕育胚胎,生长出生命的绿色
麦苗儿不惧风霜严寒

不惧厚重的冰雪强暴压迫
它们在隆冬的季节里
以柔弱之身
注解顽强

麦子是自信的
它走向成熟的时候
把籽实顶在脑袋上
躯干充满气节
芒刺如同桂冠
每一朵麦花开过都灌浆结果
却从不招蜂引蝶，做随意的
牵手和承诺

麦子被收获以后
把土地腾让给玉米以及其他
这时节，世界正青春涌动
夏日的蓬勃与诱惑开始联姻
动物们热血偾张
植物们风情摇曳
而麦子们则避开喧嚣与浮华
囤积在一起，过着
群居却寂静的日子
它们当中的每一粒，都
虚怀若谷

静待未来

而真实的状态,却是
更多的麦粒不能进入生命的轮回
它们甚至无法表达自己的理想与信仰
就被碾成朴实白净的粉末
成为滋养人们的消费品

麦子生于贫寒
麦子成长于艰难
麦子团结在一起形成麦浪
麦子成熟于自然
麦子终结于有用
麦子以最大的牺牲
换来最广泛长久的延续

2017.10.10

## 赞美一棵老柿子树

柿子树枝干遒劲
沧桑的树皮呈现出岁月的风骨

叶片并不茂密
但每一片都朴拙厚实脉络清晰

羞涩的品质表现为青涩的存在
叶子的后面掩映着丰硕的果实

柿子树经历春夏和初秋
一直保持葱郁蓬勃的姿势

柿子树极平凡地立在家门口
把事事如意的祝福公益地传播

风刮过雨下过

柿子们在枝头经受风霜的打磨

浓重的秋意把黄的红的叶子飘落
一树柿子就像灯笼在阳光下闪烁

一个柿子是一枚乡土的印章
袒露出生命的甘甜和灿烂

一个柿子就是一个火红的叹号
高调表达着对根部的爱恋

2017.11.18

## 谛听作物拔节的声音

春天的麦子
夏天的谷子玉米高粱
它们在生长的季节
只要雨水充沛土壤肥沃
无不群情激奋
展示出一种蓬勃和茁壮

功利的人们只惦记它们的籽实
很少去谛听它们拔节的声音
它们拔节的时候心里肯定纠结
每一个骨节都凝固着生命的叹息
它们朴实地在静谧的晚上发力
面颊上的露珠或许就是阵痛时的汗滴

拔节标志着接近生命的高度
拔节意味着憧憬扬花灌浆的爱情

每一粒麦子谷子玉米高粱
都有自己的基因谱系
在它们的胚胎里贮藏着诸多的信息
最深刻的一定是关于拔节前的忐忑

如果我是一颗星星
我将暗示所有的昆虫为拔节的作物噤声
如果我是一弯月亮
我将倾泻安详的光芒对拔节的作物表达尊敬
火热的太阳或许会嘲笑我的肤浅
这又有什么关系呢
我甘愿酷一把潮一把
当一回麦粉谷粉玉米粉高粱粉
学习它们生长的意境
坚守一种向上的朴实和勇气

2012.5.1

## 一棵树,孤独地站在山坡上

没有甜蜜的蜂鸣在耳边回响
没有地丁草和苦苦菜在月光下散发清香
纷纷扬扬的大雪覆盖了一切
一棵树,孤独地站在山坡上

寒冷的季节常希望时光倒转
心境凄凉时就容易回忆
开满星星花的青草地呢
剃了光头的小牧童呢
哞哞叫着的黄牛犊呢
飞来蹿去的山鸡和野兔呢
过去的故事充满色彩
你们都有一个舒适的家吗

夜色把原野笼罩

北风开始凛冽地呼啸
遥望村庄温馨的灯光
一棵树,孤独地站在山坡上

1984.11

## 灵魂在故乡

星空迷乱
天河苍茫
深秋的夜晚凝露成霜
在一声两声蟋蟀的叫声里
我听到了故乡的树木在四百公里之外
落叶的声音

月亮的冷光照着我的独行
也让长长的影子跟着我
在这孤寂之地
长长的影子就是我的姊妹兄弟

此刻
柿子树石榴树的叶子都脱落了
地上沉淀了一层卷曲褪色的日光
树上的果子并没有摘光

两只柿子像灯笼

三只石榴像铃铛

它们挂在故乡的树梢

有些招摇

有些骄傲

仿佛是乡土最鲜明的印章

而我

多像一朵蒲公英

被一阵廉价的风贩卖到城里

虽然找不到自己的二维码

却被真实地注册了商标

突然想到

父亲的坟墓要添几锹黄土

孱弱的母亲要再披件加厚的衣裳

行走在深秋的夜里

身子在城里

灵魂在故乡

2014.11.1

## 分裂之人

我已经是一个分裂之人
但不能断定的
是思想分裂还是情感分裂
是灵魂与肉体的分裂
还是白昼与黑暗的分裂

林立的楼宇
绑架着一群又一群悬浮的梦想
纵横的道路如巨大的蛛网
随时随地俘获着跌跌撞撞的生命
灯光绚烂但有些冰凉
人流匆匆但有些孤独
城市的空间积满钢铁水泥
城市的脉管流动着浮躁和紧张

夜深人静

我迷恋如水的月光

越过婆娑的树影

我的灵魂开始无拘无束的漂泊

有流水的声音

有草木的气息

有虫声呢喃

有露水不动声色的湿润

土地被铧犁翻过

风紧一阵慢一阵掠过田野

种子随季节播种

作物伴天地枯荣

一切都随遇而安

命运滋生出自然伸展的根系


我已经是一个分裂之人

上身穿戴西装领带进出职场

下身高挽裤脚行走田间堤堰

肉体在城区挣扎

灵魂在乡村放牧

白天活得紧紧巴巴

晚上在梦中采摘乡土的梨枣与地瓜

2017.2.15

## 心中刮起真实的风

风沙漫过
当摇动的树影趋于静止
阴霾的天空,便绽放出
湛蓝的亮色

更多的人不喜欢风暴
仿佛尘埃是风运来的
仿佛阴云是风卷来的
其实雨露也是风送来的
阴沉沉的天乃至阴沉沉的心境
也是被风送走的

神游八极
又是夜深人静的时候
我想操一张古琴
弹出思接天地的心音
琴是素琴

有形而无弦

有韵而无声

那就借陶潜在月光下穿越的灵魂

弹出米酒的芬芳

弹出菊花的暗香

当然，也弹心灰意冷

也弹春心萌动

弹浊世的酸腐

弹芙蓉的洁净

弹心若止水

弹电闪雷鸣

弹得空灵丝丝缕缕

弹得沉实悲悲戚戚

弹得烟花三月愁肠百结

弹得大江东去泪雨滂沱

在夜色的覆盖下

什么都可以想

什么都可以不想

如果心中刮起了真实的风

那就睁一只眼睛

看窗外的树梢,如何

摇动

2016.5.27

## 在夜色里游走

又是深夜极静的时分
游走
则刚刚开始

形体是孤独的
意识是自由的
正如一根竹竿挑着一具道袍
在夜色里移动
没有限行线
没有红绿灯
旷野多大
自由的领地就有多大

很难把孤独和自由拴在一起
但它们就是一对孪生兄弟
裸露的土地和葳蕤的原野都是平台

朦胧的夜色和散淡的星光都是背景
此刻，没有什么能羁绊自己
闹市的声音已经消失
窥视的眼睛已经关闭
我挺直胸脯告诉自己
我不是假我
我是这片土地的主人
我更是我自己的主人

我已经进入通感的境界
周身产生一种神奇的幻觉
耳朵听不见一丝尘世的声响
却听到了冥冥之中的万千虫鸣
眼睛看不到百步以外的景物
却看到了各种神异影像的灵动

什么都可以想
什么都可以不想
崇高与猥琐
精神与肉体
在天地之间生生死死
是概念也是实体

游走，近乎无意识
却更接近生命的本质

我想寻找大地神秘的琴弦
让清风拂过山峦
弹拨出若隐若现的世道真音
和自然之韵

         2016.4.14

## 独饮苍茫中的美丽和孤寂

又一次走上高原
不是我笨重的躯体
是我在月光下游走的灵魂

高原上没有树木
我站在那儿就成为一棵树
树的思想树的感情
却无法体悟草世界的心绪

雪山静默在远方
放射出银色的冷光
叫不出名字的繁花贴紧地面
铺出起伏绵延的斑斓

经幡在风中摇动
指引着神鹰的方向

大团的云朵悬挂在高空
让星光更亮让天宇更蓝

远处天高地阔
近处有雪山淌下的河水凛冽
风把牛粪风干后的气息漫卷
让神界拥有了尘世的温暖

灵魂独上高原
因为自由无羁
因为超凡脱俗
如一棵不和谐的树
独饮苍茫中的美丽和孤寂

2016.4.27

## 天空总有猩红的鲜血落下

天空慢慢黑暗下来

蛰伏在洞穴以及百年老屋的蝙蝠
抖动着黑色的双翼开始飞翔
夜色掩盖了丑陋的形体
它们三五成群
在低矮的空中划出一个又一个
自信的弧度

不知道世间有蝴蝶美丽的舞蹈
不知道世间有苍鹰高远的盘旋
蝙蝠以黑色为美
蝙蝠以滑行为傲
蝙蝠以自足的心态打造出
一个狭隘的舞台

而此刻

猫头鹰蹲守在遒劲的树枝上

机警的耳朵已经竖起

黄褐色的眼睛透出一丝冷气

尖利的爪子掩饰不住激动

正准备螳螂捕蝉黄雀在后的瞬间一击

时间是你的

空间是你的

当视野与能力局限于你

一切往往都是暂时的

于是

每天晚上都有蝙蝠做出生与死的挣扎

天空总有猩红的鲜血落下

2014.8.12

## 我感到了大地的摇晃

又是夜深人静的时候
我感到了大地的摇晃
仿佛斟了五分之一的葡萄酒杯
在一只隐形的手里倾斜

东倒西歪的状态
诱发内心的恐惧
土地犹如漂浮的船体
被一阵一阵情绪的声音顶起

声音时强时弱
船体左倾右斜
情绪躁动不安
四周涌动波峰浪谷

尚没有眩晕

但我计算不出地震的强度和烈度
我听到了一片声音的鼎沸
嘈杂，但没有黄钟大吕的底气

夜深人静的时候
我感到了大地的晃动
我曾经认为这是梦境的延续
而记忆却有了真实的硬度

2014.1.9

## 被膨化了的种子不再是种子

正如祖祖辈辈延续下来的人类
每个人都有自己的血脉谱系
一粒玉米或谷子有幸作为种子
必定有它的父亲母亲和祖辈
遗憾的是作为作物的种子
既未曾与父母相见
也不能与儿孙谋面

于是,种子的心境开始悲哀
种子厌烦了单调而又平实的生命演化
种子渴望一种有声有色的生命
当听到一声嘶哑的吆喝
一抔玉米种子,在欲望的勃起中
决绝地走进爆米花旋转的炉膛

种子感受到了空气的憋闷与炽热

种子刚有了后悔的念头就失去知觉
仿佛是一声庆典的礼炮，宣告
转型的成功
种子在瞬间释放了自己
种子在瞬间辉煌了自己
种子带着一种食品的香味
丰满放大了自己

爆米花渴望新生
而被膨化了的种子不再是种子
春天的土地里，即使
雨水再丰沛田野再肥沃
爆米花也长不出一叶新绿

2013.12.21

## 匆忙之间

没有预演
一切都像自然发生的
合乎生活的规律
合乎社会的逻辑
不经意的一次驻足
就踏进了看不见的旋涡

当忙碌的身影穿行于白昼
人就是漂浮在河流上的一片叶子
流动的阳光偶尔洒落在身上
断断续续的感觉
就像春天冷风中尚未开放的花朵

当一盏又一盏的灯光点亮了黑夜
黑夜的翅膀再也罩不住静谧
诱惑的滑音隐隐约约

欲望的精灵或暗或明
行进中的人
仿佛脚下在飞

河水在河床里流动
河水漫过河堤就肆虐为汪洋
所有的河床都希望循规蹈矩
所有的河水都探头探脑想冲决堤防
唯有土地无边无语
洼处是河床
高处是堤防
唯有流动是生命的征象
高处是起点
低处是方向

2013.11.18

## 麻木已经成为一种常态的存在

冰封江河的时候
世界是寂静的
河边的蒲草芦苇乃至柳树
在枯萎萧条中失去了色彩也失去了声音
抑或它们压根儿只有气息没有声音
过去的聒噪都是风掠过后的吵闹
激情的青蛙蛤蟆冬眠了
在河边窥视的鱼鹰野鸭都飞走了
季节，以独裁的形式
完成了玲珑剔透的覆盖
河流，在无奈的压抑中
实现了更大的沉默

冰河解冻的时候
世界仍然是寂静的
一切都是沉默的状态

没有人能听到冰块消融的声音
迎春花无声地开放
海棠孤芳自赏
那种骇人肝胆的剥裂之声
静默的山鬼水神听到了
水中的鱼儿泥螺听到了
但它们既没有对阳光表达敬意
也无意对自由表达诚心
它们已经习惯沉默
在沉默中僵硬在沉默中柔软
麻木已经成为一种常态的存在

2016.3.6

## 淡定之人游走于阴阳两界

夜,极静的时候
独处的我
隐约之中
极易捕捉到死亡的影子

这时候
死亡并不是狰狞的模样
仿佛宁静的来客
与你一起体味生命的安详

人吃五谷杂粮
历经子丑寅卯
该生的时候生
该死的时候死
而在极静的子夜时分
死的状态接近于生

生的状态接近于死

日月依旧经天
江河依旧行地
这时候阴阳之鱼陷于混沌
纠结的仍然纠结
放下的释然放下
苦恼的人不能自拔
淡定之人则游走于阴阳两界

**极静**
多么美好
灵魂可以出窍游走
思想可以在夜色里洗浴
生，活得朴素
死，走得平实

2013.11.29

## 树不语，风也不语

正像鸟儿热爱蓝天
很多很多的人喜欢鸟儿

喜欢鸟儿的人们不是阶级兄弟
他们的喜爱充满巨大差异

喜欢声音的人沉醉于清丽的婉转
喜欢飞翔的人把梦想寄托于划动的翅膀

然而，麻雀不在唱鸟之列
聒噪的乌鸦不在唱鸟之列
蓬间雀也不在翔鸟之列
啄吃腐尸的秃鹫也不在翔鸟之列

在很多人的意识里
它们可能压根儿就不是鸟儿

它们是鸟儿的异类

异类的非完美功能异化了人们的思想

是心态强奸了常识

还是常识覆盖了一层灰色的记忆

树不语

风也不语

2015.9.15

## 穿过八百年的原始森林

相较于八百年前的阳光与青葱
低纬度的原始森林已经浓荫蔽日
呈现出一片阴暗凝重的气息

这是何等的苍凉与悲壮
一棵又一棵合抱粗的松树
折倒于岁月的蹉跎之中
树皮已经腐烂
树梢已经消失
粗壮的躯体上长满潮湿的青苔
也有绿色的藤萝覆盖过来
仿佛要掩饰曾经的惨烈与疼痛
它们东倒西歪
因为不能承受生命之重,不能
放弃尊严的挺拔
在某个不确定的日子

如突遭枪击的战士,猝不及防
轰然倒下

曾经
千万棵松树肩并肩一起生长
在阳光雨露与电闪雷鸣中相互守望
而今站立者阅尽沧桑风烛残年
倒下者长眠于此注释沉默

而在另一个地域
八百年后的原始森林
榕树的世界依然蓬勃
它们手挽着手根连着根
树干长出根须根须又长成了树干
它们拉拉扯扯勾肩搭背
丧失了世俗社会的伦理与道德
它们虽然拥挤但共同茂盛
它们虽然烦琐但仍在共同地活着

穿过八百年的原始森林
经历崇高与世俗
经历死亡与存在
我想为松树和榕树贴上

不同价值观的标签
但莽莽林海波涛涌动
呼啸而过的都是纯朴自然的风声

2014.6.10

## 思想让青草地蔓延

——走过青草地
脑海中跳出这个意象的时候
我的身体已经轻松起来了
我的心已经飞翔起来了

其实,这个时刻
走过青草地只是一种奢望
窗外是严寒笼罩的冬季
除了一抹两抹松树的青色
更多的树木赤身裸体
更多的山峦灰暗单调
行走在都市里的人们臃肿而迟钝
他们在汽车的尾气里穿行
面容有些苍白
眼神有些迷茫

这时候安静自己倾听内心的声音
犹如海子面朝大海春暖花开
青草地就是阳光蝴蝶和苦菜花的盛开
青草地就是风筝笑脸和孩子们蹒跚的脚步
虽然树枝已经枯干
虽然时间正在老去
而青草地茂盛于内心
风姿绰约地激活着年轻的基因

烟雨蒙蒙，即使是一种幻想
走过青草地就走进净化的内心
暖风泱泱，即使是一次梦游
走过青草地就能听到阳光穿行的声音
思想让青草地蔓延
只要让心去飞
就寻觅不到绿意的边界

2015.1.19

## 活在自己的世界

土地因为卑贱
所以能够承载一切
土地因为宽厚
所以能够分解消纳一切

寻找一块没有污染的土地并不容易
未必肥沃，但一定要酸碱平衡
未必平坦，但一定要微生物活跃
而且要有干净的河流淌过
抑或附近有盛满清水的机井或湖泊
在这样的地方我们开垦种植
杨树柳树种在土地的外围

桃树杏树种在土地的田埂地堰
然后，在网格状的田园种植玉米高粱
也间或种上大豆芋头花生和地瓜

最后,在自己的门前栽上梅花和毛竹
让南来北往的季节感受精神的风骨
由此,我们在劳动中建成了自己的田园
在阳光温暖的触摸当中
我们亲近土地
在雨露湿润的滋养当中
土地奉献果实

这种农耕式的生活
涵养在很多乌托邦之人的梦想里
他们并不想真正地出力流汗
他们的思想浮云般游荡在天空
期望找到一方宁静朴实,找到一块
可以歇脚的地方

一些人因为自闭孤独而游离社会
一些人因为无条件开放而失去自重
迷失与被迷失
在陀螺一样旋转的风俗里演化
让春夏的记忆失色
让秋冬的感觉恍惚

建立自己的庄园
多么浪漫而又理性的抉择
活在自己的世界

寻找归宿的梦想如星星次第闪烁
而把庄园的庄稼和花草树木移栽到内心
成活的道路又是多么遥远和崎岖

2012.12.18

## 寺院一会儿远一会儿近

极静

弯月挂在天上
独照清冷的寺院
几支竹影婆娑
如三笔两抹的淡墨

寺院的僧人睡了吗
他们浪费了多少顿悟的禅机
一声接着一声的虫鸣
虽然轻声慢语
却注释着天籁的经书

渴望沏一壶清茶伴一地月光
与僧人论道谈经
我跟随自己的影子行走

躯体仿佛也变得轻盈
突然一声猫头鹰的嘶鸣
让周边有了悬疑的灵动

寺院开始一会儿远一会儿近
一会儿清晰一会儿模糊
我想到了千年以前的贾岛
他推敲的不是紧闭的门扉
他琢磨的是犹豫不决的心境

我不知道是否有勇气
去打开寺院并不沉重的门闩

2015.4.3

## 滑行的境界

经常想到飞翔

想到飞翔
不是羡慕鸟儿有一双翅膀
可以飞过山峦和湖泊
可以掠过草原的花海和田野的庄稼
把自己的儿女生养在最安全舒适的地方

想到飞翔
是因为喜欢鸟儿滑行的姿态
即使背负着远方的欲望与诱惑
也有沉静的从容
也有俯视享受的过程

飞翔需要翅膀
但不需要始终舞动搏击

当我意识到滑行是一种美
就发现了内心潜藏的疲惫

又一次仰望鸟儿的滑行
运动中的静态之韵
衬托出我的老态

其实，我已是一个老人
只是未达到滑行的境界

2015.10.11

## 当我很老很老的时候

浩瀚的夜空划过一颗流星
留一抹亮色
很美,却听不到一丝声音
弧形的轨迹
有方向,却寻不到跌落的边际

当我很老很老的时候
我不希望像流星一样燃烧
天空很寒冷
我的热量温暖不了整个宇宙
一生几乎都在光的背面行走
瞬间的亮度无异于死亡核发的签证

我想如秋日山冈上爆裂的板栗
在北风的摇晃中回归泥土
世俗的社会有干旱有虫害

开花结果也成为一个必然的过程
就在那堆枯黄的山草旁边安身
任雨水淋泡
让冰雪覆盖
享受果落归根的意境与情怀

不知道明年我能否长成一棵树苗
但我会在春天里耐心等待
即使如流星一样不能再度升起
仍然可以仰望，仰望母树
吐纳的葱茏气息

2014.3.21

## 凉，让一些心壁长出细密的白发

今天是霜降的日子
书上说从今天开始枫叶就红了
其实很多乔木灌木的叶子早就红了
霜降只是一个坎儿
一个意味着肃杀和飘零的坎儿
一个用白染红的药引子

更多的时候
红色宣示着生命的存在
在这里红色则寓意着结束
红叶落在山间的溪水里
随波逐流
随遇而安
流浪，让红叶失去了归属感

在凉意里游动的鱼儿

仿佛看到了天边驶来的红帆船
青蛙王子看到红叶倏然而过
在冷风中僵硬的身体更加僵硬

寒露凝霜
似白纱覆地成就的挽幛
红叶遮挡不住死亡的气息
凉，让一些心壁生长出
细密的白发

2013.10.23

## 岁月的雕刀不曾停歇

在潜意识里
我们经常犯常识性的错误
把相对应的关系理解为对立
比如阳光与夜色

我喜爱阳光
但更迷恋夜色
夜色并不等于黑暗
夜色中有天体或明或淡的星光
它们穿越亿万年的时空飞奔而来
诗意饱满却理性从容
沉潜含蓄却真实自然

夜色中有树影婆娑山形微茫
尘世的喧嚣暂时降落
此起彼伏的虫鸣彰显世界的安宁

此刻，萤火虫提着灯笼
猫头鹰立起耳朵
飞出古刹的蝙蝠自由自在
注释禅意的溪水正随意地顺岸流动

夜色，是阳光翻转的界面
静谧之中宇宙仿佛慢了下来
但岁月的雕刀没有一刻停歇
它白天塑造形体
晚上锉刻灵魂
只是让渐起的风声，掩盖了
清醒与混沌

2016.1.11

## 养护心灵之花

在酸碱平衡的土壤
在适宜生长的温度与湿度
月季花每个月都能绽放一次
而更多带有花苞的植物
它们生命的怒放
一年只有一次
甚至,一生只有一次

动物也有开花的日子
比如人
他们的花朵开在心里
能听见心花开放的声音
能看见心花开放的形态
因为心中开花
他们的天空阳光明媚

谁都不知道心花开放的周期
有的时间短
有的时间长
谁都在呵护心花的苗圃
有的忙着浇水
有的忙着追肥

心花充满矫情
有的人为心花避雨却遮挡了光照
有的人为心花通风却引来了蚜虫
心花充满宿命
心房开关之间
心花荣枯自知

当善德充盈于心
即使躯体行将枯槁
心花依旧如出水芙蓉
生动绚丽
常开常新

2013.12.5

## 一支铅笔的梦游

夜深人静的时刻
肉体、精神乃至潜意识
本能表现得比欲望更加充分

当人们在鼾声中次第睡去
一只铅笔朦胧中在写字台上立起
驻足在洁白的A4纸上
如梦游者走上空荡荡的舞台

窗外的月光宁静如水
空气中弥漫着生动的湿润
铅笔本能地认为该写点什么
但只记得北方挺拔的松树
和高挑俊美的白桦林
只记得树枝上栖息着优雅的鹭鸶
和机警中来回奔走的梅花鹿

铅笔想把这一切都描绘下来
但来自内心的悲伤
像潮水一样覆盖了过来

铅笔又一次嗅到了纸张的木质气味
死亡的气息层层逼近
煮豆燃豆萁的感觉突然萦绕于心

铅笔本能地停止了梦游的状态
它把自己站立成枯死的树桩
然后从窗外捡起一片哀伤的月光

月光似鹭鸶遗留下的白色羽毛
悲情地洒落在树桩的周围

2013.10.20

## 肉体世俗灵魂纯洁

正如夏天盛开的马兰秋天怒放的菊花
在有机肥涵养沤熟的土壤里
它们的根系自在而舒服地伸展

设想过上清风明月的日子
在江南雨后某个僻静的小镇
山垄起伏，一片一片的油菜花
醒目地黄在绿色的相框里
我骑一匹白马，像在海洋里漂浮的帆
一会儿被绿浪淹没
一会儿被黄潮托起
透明的山风洗濯而来
只轻轻一缕
已清澈心肺

当我从梦境中醒来

却无奈地记不起小镇的方位
油菜花已到了结籽的日子
阳光有些粗暴地照射在田埂上
远处没有诗意的白马
近处却有几头粗黑的水牛
它们的身上尚有几道鞭痕
身后跟着一群肮脏的牛虻纷飞

        2014.2.20

## 阳光,找不到回家的路

烧红的太阳还没有完全陨落
洁白的月亮就挂在东天上了
人们说这叫日月同辉
昭示着天地和顺族群吉祥
我把这种风清气朗的景观刻录在心壁
珍藏,沉淀为
曾经拥有的记忆

今天
我们尚没有完全实现城镇化
城市病已经随着拥堵梗塞得更严重
我们尚没有完全实现工业化
工业病已经随着酸雨无节制地漫延
我不知道文人们如何描述这种状况
此刻感到心绪郁闷,鼻子嗅到了
刺激呛人的气味

有时，我想把雾霾想象成潮湿的雾气
这种思维带有明显的强迫症印记
而偌大的城市如一座牢笼
车流在昏暗中缓慢地挪动
拥挤的楼房若隐若现，压抑
没有半点灵气

我想逃避
但找不到应有的归宿
我怀念曾经最廉价的阳光
怀念最平凡而又最清澈的一缕微风
而它们仿佛都是久违的朋友
此时，岁数已迈老年痴呆
它们在不太远的地方徘徊，找不到
回家的路

冬雪开始覆盖
众多笨重的锅炉又烧旺了一些
又一批崭新的汽车挤上拥堵的街道

2013.12.28

## 遭遇雾霾

雾霾,悄无声息
如一张巨大的死亡之网
笼罩了北方的城市和乡村

天空阴暗
影影绰绰的楼房灯光
灰头土脸的树木桥梁
仿佛都积蓄了愤懑的力量
在压抑中痛苦地扭曲了脸庞

我感到了世界末日的恐怖
人类正进入集体慢自杀的状态
看不到魔鬼的青面獠牙
死亡正以无挣扎的方式压迫式推进

所有的人都表情凝重

没有人能够逃遁死亡的吞噬
是冷漠锈蚀了心灵
还是贪婪遮蔽了阳光
当因果在宇宙中完成又一次轮回
不知道谁能够撬动改变的方向

在逐利的路途上行走
后边的人被前边的人淘汰
先行者则因为无节与无度
自己挖好了埋葬自己的坟墓

天空的晴与暗生命的阴与阳
其实只有很短的距离
在雾霾中活着和死去
魔瘴正淹没生存的欲望和意义

有的人在无奈中消失
有的人开始诅天咒地
而有的人仍在制霾造墓
他们利欲熏心，已经习惯
止渴饮鸩

2015.12.1

## 与蟋蟀交流

蟋蟀在门外歌唱
门外是如水的月光

蟋蟀在秋夜里的歌唱
没有落叶飘零的忧伤

籽实都懂得生命的轮回
忧伤是怨妇强加给季节的印章

我听懂了蟋蟀内心的交响
却无法交流命运的坎坷与铿锵

我从身体里抽出一根肋骨
在霜色里如一支诡异的短笛

我想吹出人生的四季
却只听到金属绷紧了的鸣响

2015.9.19

## 我的灵魂附身于一只幸福的羔羊

我嗅到了浓郁的草木气息

正是农历的六月天
即使是城市的深夜
也如卸了妆的女人
松弛于喧嚣退去的安静
松弛于光与影的或明或暗

倘若在农村
金黄的麦子该收割完了
玉米刚刚长出绿苗
花生棵和地瓜蔓正呈现蓬勃

这时节知了尚未钻出地面
青蛙早已过了求偶繁殖的季节
农事,进入了一个短暂的休闲期

无论在城市还是农村
六月的夜晚都开始弥漫草木的气息
喧嚣的人流早已隐退
聒噪却不知疲倦的机械停止了轰鸣
即使是一些野性的动物和温和的畜禽
也开始了睡眠
而草木的气息却丝丝缕缕
如烟似雾
如泣如诉

草木的气息是为静谧和安详而生
它是一个盘桓于天地之间的灵魂
存在于无形
游动于自然
在夜的形式和夜的内容里游走
袒露出一片拘谨而羞怯的素心

此刻
我的灵魂附身于一只幸福的羔羊
我想把草木的气息充盈在心里
却不小心碰落了叶子上晶莹的露水

2014.7.19

## 我的天坑生活

最近,我深深地陷于内心的纠结
我感到来自信息社会强烈的压迫
怀疑猜忌谣传中伤夹杂着冷漠
人性恶的潮涌一波又一波地漫过
仿佛每一个毛孔都是一只窥视你的眼睛
而你的眼睛却被迷乱的星空所困惑
喧嚣的尘埃让你浮躁焦虑
嘈杂的音频让你血压升高
膨胀的欲望产生莫名的敌意与厌恶

在梦中我坠于世外桃源般的天坑
我在天坑里栽果树种稻谷
我在天坑里养鸡养鸭养猪也养鱼
我在天坑里搭起屋架盖上茅草
我把梦中的情人娶回爬满葛藤的家
高兴的时候在田里播种在池塘里淘米

懒倦的时候裸体睡得七仰八叉阴阳晨昏
飞翔的蜻蜓蝴蝶为我翩翩起舞
暗河淌出的溪水为我洗尘濯足
不担心角落里有偷窥你的眼睛
我就是君主我就是自己
我坦坦然然地享受日出日落花开花谢

天坑里既生长乔木也生长灌木
天坑里树影婆娑花儿朵朵
白天，天坑里风和日丽我们耕种养殖
夜晚，天坑里虫鸣天籁我们纵情做爱
我想在天坑里生出一群布衣儿女
他们土生土长土里土气自然淳朴
他们一代一代繁衍生息发展为一个部落氏族

这种心境与开放和保守无关
与陶潜的菊花和村口的古井有缘
我无法抗拒社会欲望泛滥的潮涌
我也不想失去自己而做一个物质的奴隶
所以我渴望并创造我的天坑生活
请阳光为我们铺洒温暖
请月光为我们纯洁灵魂
也请眨着眼睛的星星替我保守秘密
让我保有一份平和与宁静

2012.8.12

## 我只想做一条普通的鱼儿

曲高和寡
高处不胜寒
姑且不去理会这些所谓的借口
心中只默念着风光无限
默念着天堂圣地
默念着峰峦叠翠的祥云缭绕
相信本能与宿命,然后
生命的轨迹会有所改变吗

倘若天空的彩虹垂下一条云梯
你有勇气有能力攀援而上吗

风可以把蒲公英的种子带上高原
洁白的降落伞却不能再度繁衍
河流把高山的沙粒冲入大海
跌跌撞撞一路悲壮却注解平凡

墙角的苦菜花清苦一生
大田里的向日葵热烈一生
它们都在阅风品雨
灵魂却各自安居心中

候鸟练就强健的翅膀
留鸟搭建温暖的窝棚
蛰伏的可以冬眠
翱翔的拥有蓝天
而我只想做一条普通的鱼儿
游动在一处不冻的水湾

2017.7.9

## 如果月亮是一只摆渡的船

如果月亮是一只摆渡的船
它来自哪里

是谁为它装满了船舱和甲板
是谁为它扯起了远行的风帆

如果月亮是一只摆渡的船
它去往哪里

是谁为它日夜守候祈求平安
是谁为它喝退风浪静待港湾

寒来暑往
阴晴圆缺

我想紧紧抓住行走的船舷，抒写
橹桨的悲壮与淡然

2016.8.29

## 那些曾经风干的记忆

在一些精致的传记和回忆录里
故事里的童真童趣
闪烁着星星的眼睛
覆盖着常青藤的叶子
即使有些曲折离奇
也往往飘着童话世界的雪花
印着小矮人歪歪斜斜的脚印

在我真实的记忆里
美好的往事总是风轻云淡
时光不能磨灭的都是调皮搞怪的情节
偷瓜摘桃的周旋
拦河筑坝浑水摸鱼的技巧
暗恋心仪女孩的苦恼
结伙打架抢占山头的疯癫
这些风干的记忆仿佛遭遇雨季

土地湿润气候温暖
沉默的种子被浸润得经常发芽

深刻记忆的故事
缘于人性的本真和本能
因为刺激走心
让回忆涂满了蓬勃的绿色

现在的我们习惯于仰望星空
因为周边布满了看得见和看不见的绳索
当无奈和空想共眠同床
嚼蜡的日子便贴满了乏味的标签

2016.12.4

## 每一个圆圈都碰撞着坎坷

四十年以前
在北中国一个偏僻的农村
我曾经做过独轮车夫

独轮车夫的腰身仿佛一直是弓着的
独轮车的车筐仿佛始终是填满的
行走于庄头堤堰
串联起乡村城郭
车轮上凝结的泥巴,沉淀了
农人们浑浊的叹息

希望独轮车没有阻力
当我驾车走在冰面上的时候
脚底打滑车子摔倒了

希望独轮车能产生自身动力

当我驾车下坡的时候
车子把我拖坠得失去控制

当我驾车爬坡的时候
勒紧的车袢把我压得实实在在
脚步沉重
气喘吁吁
命运把不进则退注释得
平常而又残酷

车轮不停地旋转
一个圆圈叠加着又一个圆圈
每一个圆圈都碰撞着坎坷
纠结着把时光碾成粉末

2017.2.2

## 渴望轮回

雨后。怒放的霞光里
暮色瑰丽而凝重

一个简陋的瓜棚,静卧
于泛滥的绿色之中
远处望去
如大涌波浪上的一叶孤舟

长毛黄狗温顺地看着瓜爷
瓜爷一动不动如一尊沉默的雕像

正如瓜熟蒂落
孤老的瓜爷陷于对死亡的思考
无所谓恐惧
无所谓淡然
瓜爷纠结于对自己一辈子的回顾

种豆得豆
种瓜收瓜
瓜爷的一生似一碗不温不火的淡汤
沉寂得没有多少醋也没有多少盐

天空飘来一根鸟儿抖落的羽毛
像带有谶语的钉子
趔趄着嵌入了瓜爷的心里

瓜爷希望来生有所亮色
能够走出瓜田到更远的地方看看
能够娶妻生子屋檐下挂满苞谷
能够温一壶老酒招待新朋旧友
能够穿新衣住高楼不再寒酸
能够吹牛谈天，聊聊别人
能否正眼看他

瓜爷身影佝偻
他的思维超出了他的智慧
他想把自己的积蓄捐成功德
却不知到哪里叩响阴阳的门扉

2017.5.20

## 学会独处

我喜欢独处
一个人选择一处安静的空间
消费如水一样漫溢的时光

看树枝发芽花苞绽开
听秋霜降落黄叶飘零
看大雁划过天空排成人形
听蝈蝈喧闹如世间嘈杂
感时
恨别
想与不想
任儒释道的风尘兀自起落
泗水东行
青牛西去
悟空八戒们也尽管去降妖伏魔

独处的阳光透彻

独处的月光空灵

独处而不孤

气闲而神定

就像苍鹰背负蓝天拥有自信

就像孔雀梳理羽毛拥有彩屏

给肉体一段放松的时间

给灵魂一方游走的绿地

与四季的律动契合

与阴阳的盈亏交融

且听风的絮叨雷的暗喻

滋养纯粹的精神清奇的骨骼

独处

仰观天象俯察地理

心可以无限大

心可以无限小

2017.7.17

## 遇见影影绰绰的魂灵

月光妖冶
如踩着蛇的脊背而来
有风,向远处游动
仿佛要拧干时间的水分

隐约看到跌跌撞撞的影子
猜想今夜将有故事发生
它们来自左边丘陵上的坟地
不知道将演绎什么骇人的剧情

毛孔渗出冷汗
心中却期望情节跌宕
然而影子们只是走来飘去
每一个都像寂寞的黑色衣袍

他们是墓中人的灵魂

一直被厚重的泥土和黑暗压抑
他们出来放风喘气
释放淤积的憋屈与潮湿

他们其实并不可怕
前世也许都是平凡的农人
阴间消磨了他们优秀的品质
墓穴也罩住了他们可能的戾气

影影绰绰地来
影影绰绰地去
他们似乎无意于人间的一切
悄然存在于自由的夜色里

2017.8.27

## 当路定格于内心

在河水的视野里
河床的走向都是合理的
河水自由地流淌,诠释
天意的注定与自然的灵动

而陆地上弯曲勾连的道路
则很难裁定它的宿命
它们像肆意流动的水系
有自己的方向和段落
却几乎无法界定始点与终点

路在脚下
有多少人就有多少条路
路连着路
路重复着路
抑或平坦洁净

抑或崎岖污秽
每一段路都沉淀着爱与恨

可以作为连接
可以视作间隔
当路定格于人的内心
有的人走向天堂
有的人滑向地狱

彷徨后的决绝
外力无法阻挡

2017.10.17

## 找不到灵魂栖居的原乡

站在群山之巅
感受地老天荒
天风浩荡而过
灵魂信马由缰

我想把自己变成一方手帕飘落
但不知道哪里是精神的原乡

南方的油菜花正摇曳连片的金黄
水稻的秧苗正插在方田的中央
软歌从山坡的茶园响起
鹅鸭从池塘的边沿走过
微风渐浓
烟雨朦胧
为什么榕树毛竹与水杉却集体静默

北方的大地春寒料峭
屋顶的炊烟如逶迤的诗行
杏梅的花苞刚刚鼓起
麦地的上空传来归雁的鸣唱
山羊出动
阳光照耀
为什么如画的村庄却写意一种萧条和迷茫

此时的城市没有南方北方
中心区灯红酒绿熙熙攘攘
边沿区工棚拥挤吊塔林立
蜗行的汽车喘息而行
像久病的患者走走停停
楼房正在长高
城市正在增大
为什么行进中的人们却没有欢愉之色

高原接近天庭,也接近
透明的阳光和风的自由
我在高原放牧自己
我在高原瞭望世界
但我找不到灵魂栖居的原乡

2017.12.18

## 扰乱了宁静的时光

煮茶
焚香
听琴
看窗外的雪花
纷纷攘攘

侍花
读诗
绘画
看窗外的雪花
纷纷攘攘

看窗外的雪花
纷纷攘攘

一把不知疲倦的扫帚
一个肩扛蛇皮袋子的身影
扰乱了宁静的时光

2018.1.28

## 充满惊讶与茫然

心里默念着沉实与宁静
期望能在苍茫的夜色里,听到
露水降落的声音
却在寒冷肆虐的早晨
看到了冰霜凝结的花纹

无法判断是季节提前降临
还是心态迟缓,停止了
前行的步伐

嘈杂的声浪已经隐退
未能落定的仍然是悬浮的尘埃
当琐碎与无聊泡沫一样充满空间
静,就定格为祈求的焦点

游失的灵魂开始归位

感受的世界，却经常
时序混乱
充满惊讶与茫然

2018.1.31

## 沉默的雨在嚣张地下

乌云以极快的速度
涌动堆积
如丹青者的泼墨,一层
又一层地洇染
黑透了整个天空

雨,以直流的状态
倾盆而下

没有风声
没有雷声
闪电应当是被雨水浇灭了
世界茫茫
沉默的雨,一直在
嚣张地下

洪水泛滥
横冲直撞
是肆虐天地不够宽厚
还是张扬天空暴戾无情

没有风就刮不走乌云
没有闪电就斩不断泼墨的黑手
黑云压城
将碾平多少弯曲的脊梁
暴雨如注
将浇灭多少仰望的眼睛

雨一直在下
雨也终究会停
山始终昂着头颅，坚信
彩虹正在酝酿
它们的基因正聚拢在
泥泞的山路上

2018.7.30

# 黄土高原牧歌（组诗）

## 序

黄土高原，是盘古开天辟地后
圣女神娲泼下的一瓢浓重色汁
凝固了，形成大色块的东方油画
伏羲氏粗线条的风如一把雕刻刀
年复一年日复一日地凿刻
使黄帝版画的粗犷炎帝木刻的劲峭
浑然融入
凸现出华夏以黄为底的泱泱色调

早晨，燧人氏的篝火烧红太阳
夸父的手杖敲响埋藏于地心的编钟
厚重的风景线上，就蔓延开粗笨的
木水桶和呼唤远山的信天游的故事

## 峁岗上的信天游

当那声悠长的号子在峁岗
旷远地喊出深红的太阳
当信天游的乐感红烙铁般地烧出
黄土高原厚重的徽碑
为了地层中浸染的古朴风情
和十万万人的寻根意识
让高原增长着的年龄讲吧
让风沙埋不住的狗尾巴草讲吧
最好也让老爹叼着的黑烟杆
和姑娘舞动的红纱巾讲吧
讲高原人远古部落三人操牛尾
投足以歌八阙的葛天氏之乐
讲五千年风风雨雨的饥者歌其食
劳者歌其事
把风沙一样堆满的思绪，缠啊
缠绕在高原挺起的胸脯

高原旷达的性格不兴扭捏
男人的旱烟叶和女人的裹头巾不兴扭捏
站在凸起的山冈上，用高原听惯了的
嗓音起唱

老年人的沙哑，中年人的浑厚
与孩子们的童稚合奏
为了表达高原一样辽阔高原一样
深厚的情感
把那片红高粱挑起的喜悦
托付给有白云飘浮的蓝天
把那片黄谷穗沉淀的爱情
灌入诞生神话的土地
把那片看不见的忧郁和痛苦
撒向疾驶着的西北季风
于是高原纵横密布的沟壑
扩散深沉而有力度的余音
高原在高原人的合唱中
舒展古老的思想
高原人在高原丰满的肌体上
抒发今天的感慨
信天游，黄土地上的信天游
如汹涌而来的海雾簇拥着漫过
淹没古墓里叠高的历史
淹没日子里庸常的碎屑
在晨曦拉响的风铃中
缭绕成一支金黄色旋律的序曲

### 驴驮上的木水桶

当黄河喘息着挣扎着流过
流过高原人的记忆所能回溯的时代
当蒙古高原的内陆风在这里堆积
沉淀成东亚大陆长高的奇迹
木结构的驮水桶，就开始
沿青灰毛驴凹陷的蹄坑蠕动
在塞满山塬峁岗的背景上
抒写高原饥渴标题的史诗

也许，不仅仅是祖传基因的驱使
驼背的老爹扬起荆条
缓慢地从黄昏的落日走来
穿布底鞋的巧妹扯起缰绳
匆匆地从早晨拱出的太阳走来
驴驮上的黄河水　在高原人的
憧憬中撞击着浆洗
染黄旷野上拉直嗓子咏唱的扶犁汉
和留总角的牧羊娃
染黄机杼上的穿梭和土窑吱吱响着的
榆木门轴
染黄中午烤背的太阳和月初

镰刀般弯弯的新月

当黑陶瓦罐端来神农氏遗传的黄米粥
当裹头的毛巾擦干额上沁出的汗滴
当喝住牲口停在田头仰望蓝天
让三月温热的太阳复苏半坡人
夏天的情绪
磅磅礴礴的高原　生长骆驼和男人
生长绵羊和女人的高原
却大面积地呼喊别样的饥渴
驴驮上的木水桶
沿着五千年历史的隧道
以社稷坛五色土的名义
以今天和未来的名义
你就蹒跚着驮来色彩吧
红的液体　蓝的液体在这里汇合
浇向信天游的颤音
浇向谷子棵的根须
浇向翻起黄色块的犁铧
让高原所有的子孙以三原色的知识
调抹涂出秦砖叠起的长城和神州
龙凤交织的图腾
涂出青柏红枫绿柳以及紫丁香般
蓬蓬勃勃生长的新思想
木水桶　驴驮上的木水桶

印上北部中国特产印记的木水桶
盛过泪之涟漪和梦之甜蜜的木水桶
三脚鼎沉默　纪念碑沉默的日子
管弦乐活跃　理性风活跃的日子
在高原厚实的版面上　选择
最突出的位置
您，还要倾洒什么呢

风水树

在烈日烧旺的中午　村民们裸背
拥挤在黄河滩咏唱
"天苍苍地黄黄龙王爷下雨吧"的时候
在阴云遮住了冬月　高原风呼啸
卷来妹妹望西口的缠绵
卷来哥哥夜闯魂抖关的时候
是爷爷把忧伤的信天游
填满柴烟熏黑的地窨子的时候
是儿孙用热血灌饱远征的驼峰
迈动双脚走向大漠孤烟的时候
是陶罐上波纹流动三角鼎放出
青铜之光的时候
黄土高原每一个自然村落
就生长起了自然神式的风水树

古老遒劲的风水树

年轮刻满了岁月的沧桑

龟裂的土地无边

蔓延的希望无边

始皇的兵马俑在绿荫下跪拜　祈求

矛戈化作开垦井田的镐头

大宋的难民在残阳里烧一缕香火

飘散落魄流离的辛酸

明末的义军肩扛大旗呼啦啦来了

挽几道缰绳拴马

摘几片绿叶护身

又轰轰隆隆去了

走向金銮殿

走向一部博大的断代史


（枝干遒劲的风水树擎千年岁月的烟云

挂满一片美丽的眼神和闪光的许诺

挂满一片叮叮当当的铜币　银币

沉重地听近处勒勒车来回响

沉重地看远方的晚霞火一样红）

然而

高原汉子厚实的金银梦依然睡在地下

高原女人厮守的那口老井

终究没有发出理想的回声

土窑里米黄色的烛光依然旋出忧郁

照高原人的脊梁弯成弧线
任浊色的汗水痛苦地流淌
啊　风水树　风水树
有一千个年轮的风水树
有一万条皱纹的风水树
向天空伸张自由的性格和自信的脾气
却让信奉的意念沿发达的根系
在黄土地里盘结做窝

海浴的太阳带着哲人的咸涩
在东方浮现
风开始掀动
树开始摇曳
旷远辽阔的莽野里
（看不见风水在哪里藏匿）
听得出一腔地火涌动沸腾
阵阵远雷在孕育滂沱

## 高原腰鼓

当黄河在春潮中开始骚动
当半坡文化撩拨起男人们原始的欲望
当丰收的稻谷散发出米黄色的清香
当风水树又一次预示出高原人的福禄吉祥
高原腰鼓　如宣泄的狂涛

汹汹涌上黄土地最生动的峁岗

扎上羊肚毛巾昂起头颅
系上红绸腰带抖擞精神
别好黑长烟杆舒展筋骨
跳　跃　腾　挪尽是地道的功夫
敲碎秦王的旧梦不再殉俑
敲碎出土的陶罐不再盛泪
敲出弯弯的月牙儿照在妹妹的窗口
敲出温暖的太阳熨平老爹的额头
敲醒老龙王让盼水的瞎妈妈沐浴甘霖
敲绿一山颜色让新生的孩子满怀憧憬
苦难太多　负担太重
黄土太厚　希望太沉
涨满崇高意义的高原腰鼓
涨满悲剧意义的高原腰鼓
历史在黄土地轰响着流过
情绪在黄土地上积压着爆发
腰鼓还仅仅是闹元宵的腰鼓吗

铿锵着跃上山冈
铿锵着移向河岸
黄土地的魂灵聚集起来
高原刮起了漫天大风

1985.10

## 二月二,龙抬头

听见黄河的冰凌在那古老的土地上
发出男低音的碰撞了吗
听见百年的古槐在那旷野的山风中
顽强地把骨节拧响了吗
这里是布满沙砾的海滩
这里是浩浩荡荡的海洋
是男子汉就喝了这碗酒吧
二月二可是龙抬头啊

放一万响鞭炮你挑得起竿吗
新漆的帆船你驶得出港吗
老爷爷可是把海交给你了
新媳妇可是把网交给你了
是男子汉你就喝了这碗酒吧
二月二可是龙抬头啊

东方的太阳可真的冒红了
贴近海滩你听听吧你听听吧
四海龙王正挥动手杖
把鱼儿一群一群赶出温床
你可是让海风酱黑了胸膛
让太阳烤粗了胳膊的人
刮风起浪你害怕吗
好兄弟
是男子汉你就喝了这碗酒吧
二月二可是龙抬头啊

你沉默啊沉默
陡增令人肃然的雕塑感
那泛光的海上，你可是寻觅
父亲那折断的桅杆
这样的仪式也许悲壮苍凉
需要更多的坚毅和勇敢
你呀，你敞开胸襟喝了吧
喝了男子汉爱喝的白干酒
二月二可是龙抬头啊

苍穹中的远雷轰轰隆隆压过来了
板结的大陆开始涌动
海开始咆哮船开始摇晃长长的桅杆
扯起蔚蓝色的旗帜

低沉的调子亢奋的调子沿盘旋的螺纹
粗犷地鼓响
吹出一腔的热血在空气中震荡
啊，好兄弟，你看到了
银河旋转群星旋转幻化出
海面上一垄一垄的金鳞银光
是男子汉你就喝了这碗酒吧
二月二可是龙抬头啊

         1985.2

## 水的状态

一滴水
拥挤着从泉眼里流出
淌成欢乐轻快的音符

一滴水
在七月的荷叶上迎接晨曦
注释玲珑剔透的本义

一滴水
沿根系进入作物的肌体
生命鲜活在脉络里

一滴水
挂在阴暗冰凉的石壁上
凝结为孤独的泪珠

一滴水
僵死在屋檐下的冰锥里
诅咒着料峭的寒风

一滴水
汇入排山倒海的巨浪
陡增恶胆和杀气

一滴水
跌落在干热焦渴的土地
消失得无影无踪

一滴水
在时间和空间里寻找角色定位
忘记了自己还是一滴水

2008.8

## 树的状态

站直了身子
以正常的姿态看一棵树
树的形象就是在脑海中
复印了一万次的树
粗壮的树干
无规则的枝桠
擎起一片绿荫的树冠
永远地活在了你的意识里

一棵树
或许茂盛蓬勃
或许枯黄消瘦
你与它有过心的交流吗
一棵一棵又一棵
树站成了队
树形成了林

你仍然熟视无睹
树
还是你意识里的树

夏日的蝉鸣充满禅意
中午,我躺在树的根部
沿着开裂的树皮攀爬
目光开始搜寻树的秘密
有黑的黄的蚂蚁上上下下
有灰喜鹊站在枝头叽叽喳喳
遒劲的枝条向天空张扬个性
蔽日的叶片向阳光抒写意志
绿意浓郁
阳光斑驳
角度造就了别样的风景
错位洞开了另一片天地
天,原来是这样
树,原来是这样
我丧失在发现里
我梦游在神思里

太阳在树的上空悬挂
树冠随着地球旋转
让人和树全息
让树和人交流

树的海拔如何测算
人的高度怎么丈量
树
会开口说话吗

树说
天在头上阴晴
地在脚下干湿
根在土里追寻
叶在风中歌舞
有春夏秋冬形态
无生旦净末面具
树就是树
树还是树
高大直立的干是本
郁郁葱葱的叶是色

2008.8

## 岸之状态

在水一方
遥望
目光弯曲沉淀的地方
就是岸

岸就是一种实地存在的感觉
是一段延伸希望的路程
当焦虑如波浪一样袭来
岸是一种稳定,甚至
是对未来更具野心的祈求

一阵风吹来
浸染了不同底色的情绪就会飘浮
天空因此有了明暗
意识开始游离于根基
当自由膨胀到无限大时

思想已经寻不到沉落的岸边

岸是随流水延长的河堤
岸是随车轮移动的路基
岸是母亲唤孩儿时的长调
有的时候,岸
是一根悬垂的风筝引线

2014.4

## 走进自然

久违了泥土的气息
渴望谛听土地的声音
驱车向南　向南
走进层峦叠翠的群山

城市的喧哗渐行渐远
绿色的情绪浸润心间
一个村庄又一个村庄
一片庄稼又一片庄稼
树林的叶片在闪亮地摇动
山涧的泉水在石块间跳跃
听见牛的叫声了
看见羊的影子了
纯朴的农耕风情
原生态的山光水色
如少妇般丰满而俊美

成熟而羞怯

沿着朴素的感觉
寻找乡下人的记忆
停车　抛锚
步行走进山峦的深处
童年的脚印仿佛还被酸涩浸泡着
砍柴的小路似乎永远在丈量淡淡的幽怨
梯田里青壮的苞米吐露红缨
成垄的地瓜交织着藤蔓
思绪如陈年的老酒散发芳香
心灵的家园依然柔软温暖
穿过青青的高粱地
托起弯着腰的谷子穗
山里的爱情仍旧长满羞涩吗

蝉鸣衬托得山谷更加寂静
山的深处异常安谧
一丝凉爽的风流动过来
有青草的甜味
有牛粪的气息
有野蜂的嗡鸣
有蚂蚱掠过的翅音
放眼望去
山坡上无数的松树槐树枣树

密密地遮盖了野兔山鸡刺猬的游戏
留一片苍翠写满深邃和神秘

掬一抔泥土贴近胸膛
感悟生命的本真和意义
土里有泪土里有汗
土里有祖祖辈辈的梦境和出路
锄头有情镰刀有义
庄稼永远讲述着勤劳和诚实
我看到了缕缕炊烟升起
如妈妈花白的发丝
我看到了父亲赤脚走过
扶犁翻开了又一片新土

周行不殆
日月如梭
在繁华的空间抱朴见素
我走进山的深处
我渴望让自然濯洗心的世界
让土地扎下思想的根基
我需要穷理尽性
永远保持敏锐生动的心灵触须

2008.9

## 走进婉约的季节

早春的第一场雨淅淅沥沥地飘洒下来
给土地房屋树木增添了一些深的颜色
这种深一下子让世界生动起来
仿佛天地间拥有了湿润的灵魂
风裹挟着冰冷的雨滴打在人的脸上
却足以让人想到泛绿的柳丝和迎春的花蕾
让人想到烟雨中的小桥流水和红伞下女人的腰身
想到一个婉约的季节翩翩来临

早春的第一场雨让人期待春暖花开
期待土地的开垦谷物的播种
期待花枝的招摇蜜蜂的勤奋
这一切都与生殖密切联系
仿佛都伴随着河边青青草船上丽人归

早春的第一场雨浸润了婉约的气息

而婉约的形态总带有忧伤的成分
婉约是雨天蝴蝶打湿的翅膀
婉约是秋千架下冲动而又羞涩的心思
婉约还是飘零的落英和幽咽低徊的笛鸣
是愁肠百结之人在风中飘动的裙摆

在早春的第一场雨里走进婉约的季节
隐约看到一个窈窕婀娜的身影
时而风情万种时而悲悲戚戚

2013.3

## 梅枝的花蕾

自信而羞怯着
蓬勃而内敛着
美丽而纯洁着
热烈而恬静着

惊蛰刚过
猫冬的芽苞尚且睡眼蒙眬
坚硬的枝干还在旷野里展示风骨
花蕾却一簇一簇在枝头凸显
暗香亦开始在风的摇曳中释放
仿佛有压抑的情愫诉说
*丝丝缕缕如泣*
仿佛有闹春的声音溢出
叽叽喳喳如歌
在阳光里温暖的形态日渐饱满
释放出大地回春的生命质感

蓓蕾是一种形态

蓓蕾是一个过程

尚不灿烂

却传递出蓬勃的力量之美

尚不妖冶

却写意出含蓄的脱俗之韵

花苞呈现一种自然张力

内心充盈着留恋与期待

仰望蓓蕾进行生态的哲学解读

弯腰捡拾落英成泥的悲剧意义

潮湿的土壤散发出季节的气息

风在枝头缠绕　却无法彻悟

生命的秘密


有三三两两的雪花飘过

有光鲜亮丽的阳光照射

一树蓓蕾舞动

大地元气升腾

2010.4.10

## 烟 雨

烟雨朦胧
洇染了青黛平湖和绿树
抑或忧伤
抑或惬意
丝丝缕缕的意趣
随轻风卷起雾霭
凝聚在结晶披露的发际
远山苍茫
溪流清澈
思想跌落在五味杂陈的感性里

烟雨的意境
写意出人生的浓彩与淡墨
惬意的人享受更多惬意

忧愁的人生发更多忧愁
一帘蕉叶柳影摇动
泛滥尘世的风情

2010.5.17

## 忧　春

当我开始用手心去测试冰锥融化的暖意
春天，就试图从指缝间悄悄溜走了

春天实在是一个虚荣的女子
杏花桃花海棠花甚至遍地的油菜花
都是她不经意换下的衣服
她冬天里预交了订金
惊蛰刚过
快递的邮件就次第送来了

当温暖的山风又一次撩起我的额发
我想，那么多的新衣服
这个粗心浮躁的女人是否都穿过呢
如果有漏下的
该什么人穿给另外的什么人看呢

有一天
面容枯黄的宅男对忧郁的剩女说
没有听见布谷鸟的叫声
地里怎么长出的一片茵茵绿意

2014.2.26

## 春天的苇塘

苇塘面积不小
是一块不规则的湿地
芦苇长成了风起云涌的姿势
苇塘便拥有了撩人的神秘

苇塘里生活着鱼鳖虾蟹
苇塘里栖息着鱼鹰和野鸭
芦苇的枯枝败叶散落在水里
让生物们有了追逐嬉戏的道具

往年的苇杆僵硬地立在水中
风儿不再寒冷
苍白的苇叶儿不再发出瑟瑟的声音
它们已经死亡,用最后的坚持
守望来生的步履

新芽已经冒出
仿佛能听到拔节的声音
每一片叶子都嫩绿
每一片叶子都生动
它们如一群年轻的孩子
在风的摇曳中窃窃私语
它们像一支一支冲动的鹅毛笔
急于写下对寒冬的诅咒,写下
对温暖的渴求

        2018.4.15

## 夏日问荷

夜色正浓
月光朦胧
又一次来到自清先生的荷塘
此刻
碧水荡漾优雅
微风浮动暗香
一切仍是原来的模样

隐约有舒曼的琴音滑过
宛如荷叶上露珠的盈缩
一条蝌蚪游到岸边
怯怯的问话充满哲学
离开淤泥芙蓉能出水吗
荷的花叶在上
藕的茎块在下
谁的心胸虚怀若谷

谁把气节藏于地下

影影绰绰的莲花兀自开放
田田的叶子兀自清爽
空灵之中，仿佛先生的声音
娓娓而来
藕荷是一家
蝌蚪变青蛙
混沌乾坤里
化育你我他

2017.6.11

## 无 题

池塘不大
长满了亭立的荷花

荷叶的伞下
居住着众多的青蛙

蛙鼓此起彼伏
如多种意见的表达

一条水蛇浮游过来
喧嚣立即归于喑哑

青蛙们不再亢奋
默念着风声吹走惊吓

2017.7.3

## 地上盖满秋天的印章

山坳的四合院如一座寺院
在清冷的环境里守拙
房主不知哪里去了
据说已做他乡的野鹤闲云

一夜风声雨声
凌晨听到一声两声雁鸣
雨落下了
院子里生发出凄凉
叶子落下了
地上盖满秋天的印章

萧条是一种解脱
飘零是一种放下
失去叶子的银杏树更加骨感
没有风声的早晨更加宁静

仿佛有一种神秘的力量在昭示
日月有常
时光如刀

2015.11.3

## 走过冬的山野


山丘是骨骼
坡地是肌肤的纹理
道路宛如细密的血管
冰封的河流则像袒露在外的一段盲肠

叶子不知道飘零到何处
树的枝条弹拨着风的神经
阴坡的残雪让土地更加理性
裸体的季节凸显出广阔与坦荡

曾经的玉米地青纱呼哨
曾经的谷子棵黄金遍野
曾经的杂草茂盛树木蓬勃
葳蕤的情绪与潮湿的空气难分难舍

而仅仅是一场又一场的冷雨

仅仅是一场又一场的白霜与白雪
浮躁的大地就沉寂了
复杂的大地就简单了

天地每年都重复相同的花开花落
喧嚣静谧
烦琐简约
世间永远循环着潮起与潮落

走在冬日的山野
就像一只独处的山羊
流浪自己的身体
流放自己的思想

2017.1.15

## 冬日的荷塘

冰层已经封盖了池塘
冰面上站立着荷的长茎
它们如卸去盛装的舞女
褐色的肌肤裸露
骨骼已经弯曲
命运
把它们定格成不规则的图形
写意一种凄凉与悲怆

没有夏日的红莲绿荷
没有清风莹动的琼浆玉露
有萧条之韵
有颓废之美
冬日的荷塘之上
只有凛冽的冷风在飞

荷的灵魂深潜在冰层之下
它们在藕瓜的洞孔里，坚持
梦想

2018.1.19

## 冰雪覆盖的原野

一缕一缕的雪粉逶迤掠过
料峭的寒风在尖叫声中凛冽
山峦沟壑纵横起伏
洁白得苍凉而且冷漠

冰雪覆盖的原野繁华尽失
裸体的原野尽显皮囊和肋骨
精彩的故事已经谢幕
沟沟坎坎在谋划着明年的节目

冰雪是幅巨大的遮羞布
江河的线条勾画出规律的印记
自然的冷峻让世界空明简单
理性行走在本色的界面里

江河平静地行于冰下

热量悄悄聚集在地底
冬日的原野埋藏活力
生命呐喊在根部的脉络里

2009.1

## 熨平一地感性的月光

月亮走了一万年
静静地来
静静地去
寂寞的姐姐抑郁吗

今晚是上弦月
我想把一个铃铛挂在月亮上
又担心下弦月时
铃铛滑落在不知名的地方

心境向远
欲海摇橹
真想拣起中秋的月饼
熨平一地感性的月光

篱笆下的秋娘开始咏唱
不知是否被月光触动了忧伤

2014.9.2

## 初识草原

跨过黄河

越过长城

踏着北中国的土地一路上行

平原过去了

群山过去了

辽阔的大草原铺向天际

苍鹰在空中盘旋

白云在蓝天婀娜

羊群白帆般漂浮

野风涌动万顷绿波

天高地阔

地阔天高

广袤的原野在夏日里苍凉

在宁静里深邃地思索

马蹄踏过

彩蝶起舞

山鸡歌唱

狼狐游弋

绿色的音符自由欢畅

飞扬的思绪驰骋无疆

给自己一片天让心去飞

给自己一片地让脚去奔跑

让风敲打庸庸常常的日子

让雨洗刷苟苟且且的记忆

听马头琴淳厚悠长的回响

学会感恩

像草原般自然茂盛地成长

2008.10

## 雨的性格

北方天空孕育的雨滴
总不能摆脱沙尘暴的袭击
豆大的雨点滚落下来
浑浊得如老妇人眼里的叹息
闪电像蛇扭动身躯
暴雨像鞭子抽打土地
洪水摧枯拉朽荡涤世界
用轰轰烈烈宣泄长久的压抑

南方的雨水淅淅沥沥
针脚细密像条条银丝
最是小巷雨打芭蕉的朦胧
洇染少女含羞的婚纱春梦
河满塘满
草木葱茏
没有汇入大江大河的浪漫洒脱

却把原野滋润得乳丰臀肥

春雨把山坡染绿
夏雨让庄稼成熟
秋雨释放缕缕愁丝
冬雨成雪写下洁白和纯朴
北方的雨水浇灌男人的欲望
南方的雨水湿润女人的日子
心灵，在雨水里沐浴
人生，在雨水里打理

2008.10

## 痕　迹

南来北往的风
拉锯一般地漫卷
一遍又一遍刮过草原
春风让草原葱茏
秋风让草原枯黄
刮来刮去的风来无踪去无影
却都在牧草的心里安家了
当白雪覆盖了苍莽的大地
我不知道草的根部蓄积了多少
对风的渴望

犁铧把去年翻过的土地又翻了一遍
关于间苗锄草关于拔节成熟
这一切都不再显得重要
潮湿的土壤很快就埋葬了生长的记忆
接下来是又一轮播种追肥保墒

期待着玉米的青纱帐谷子的满坡黄
当犁铧在田地里走过
我不知道它一年一年重复地耕耘，怎样
排解心中的绝望安顿当下的希望

不是所有的窗户后面，都有
一双窥视的眼睛
但每一双眼睛注定都是一扇
透视心灵的窗户
望出去与看进来
视线的距离是相等的
逆向的过程却泾渭分明
当内心的印记在时光里生长消亡
万物都收敛了它们的肃杀之气

2012.8.11

## 落叶飘零

又一阵风呜呜地刮过
杨树的叶子三三两两地落下
陀螺形地舞蹈着
勾画出一种凄凉之美
叶落归根
飘零无声
细密的冷雨在季节里洇染
写意出生命轮回的无奈

走过嫩绿的状态
享受惬意的蓬勃
蝉鸣在细胞里珍藏
阳光在经脉里传递
陶醉于东西南北风的吟诵
无意高处不胜寒的训诫
生命的结局竟如此脆弱

脆弱得恰经不起一阵风的撩拨

人生如一片叶子
但看如何鲜艳如何飘落

2009.12.7

## 历　练

天地之间
峰峦起伏的红叶谷
因了一场又一场浓重的寒霜
层林尽染
沟壑红遍
写意一种绵延的壮阔之美

历练
也许是没有选择的选择
叶子红了
叶子黄了
叶子把大地也晕染了一遍

叶子开始集体燃烧最后的激情
个体的飘零则注释如刀的阴冷

2011.9.12

## 地球仪

木结构的地球仪
古色古香
充满了浓郁的书卷气

高山峻岭
江海湖泊
静止在这椭圆的球体上

物种进化
沧海桑田
定格在波澜不惊的时间里

手指转动乾坤
心中拥有世界
地球被自己缩小自己被自己放大

2009.1

## 黑礁石

世界充满神奇
到处都隐藏着哲理
被社会的五光十色眩晕了
我们就走向坚硬瘦削的
黑礁石

一个不屈的独立者
一个深刻的思想者
黑礁石把生活理解得很朴素
黑礁石沉淀所有漂亮的故事
太阳是父亲
月亮是母亲
阴阳轮转三万年
风浪雕塑礁石礁石雕塑海

黑礁石永远自尊地站立着
黑礁石全身的筋络
是一剂壮骨良药

            1987.6

## 大汶口

记忆碎裂为灰陶的瓦片
历史沉淀为精美的骨角器
看汶河沉寂地远去
心境如潮　思绪很重

总觉得已认识你几百年几千年
沿着时间的隧道
美丽的鹿群可怜的山羊走进荒蛮
祖先们奔腾跳跃用兽血涂出图腾
燃旺一堆又一堆篝火烧烤黎明
天空没有污染
河水清且涟漪
大汶口在长满茅草的河岸
点石成金
孕育出我们生生不息的骨血

心境如潮　　思绪很重
就这样默默地注视着你
让生命与宇宙全息
沉默有时也是一种诉说
风儿带来儒释道的神思哲理
眼里飘过姹紫嫣红的纷纷柔雨
大汶口
我们共同沐浴在古老的辉煌里

1986.4

## 泰山无字碑

日子一天天过去
光阴黏稠地堆积
在血雨腥风里　岁月
发酵为历史

功德和罪恶同在
土地写满崇拜与憎恨
宇宙世界海田沧桑
人就学会了立碑
在自然面前恐惧
在灾难面前哭泣
套上精神的枷锁
人就成为自己的俘虏

于是神灵开始伟大
思想的十字架沉重

解释成为累赘
文字苍白无力
所以碑只是一块耸立的石头
有皇帝的供奉
有百姓的祈祷
无字碑也算是力量的象征

偶尔几只麻雀在碑上叽叽喳喳
模样也真的十分生动

1986.7

## 走进曲阜

有一片思想的紫烟笼罩
有一堆历史的云雾弥漫
汉柏释放出民族灵气
琉璃瓦烘托起至尊的氛围
木轮马车遗留给列国诸侯了
深刻的辙印延续在后人的血液里
学而时习之不亦乐乎
一部《论语》让千年圣贤拜读

有一种进入考场的感觉
有一场如芒在背的体验
仰望古槐仰望杏坛仰望大成殿
周身泛起静谧肃穆的沉重感
每一寸土地都生长着智慧
每一缕清风都裹挟着仁爱
鞠三个躬烧三炷香请先师评点

谁敢说身后的脚印没有弯曲
什么鸟儿都会在空中划几道弧线
纷纷攘攘人生都在走向彼岸
假若旅途很远精神疲乏
走进曲阜准能得到沐浴净化

1986.7

## 泗 水

泗水是一条圣河
泗水之上有老夫子的魂灵飘浮
看大成殿的辉煌映于水中
听阙里乐舞丝弦声声
仲尼开始在枯黄的茅草中独吟《论语》
让后世繁缛的纹饰顿然失色

泗水是一条圣河
二千五百年把儒学分流
尼山的风土尘落这里
把诗书礼乐注释得深刻生动
常常有牛有羊驻足畅饮
不知道是否有今人在河中坠溺

1987.3

## 农民父亲

命若草根
父亲是一个传统的农民

不敢也不能挑剔水土
无奈也无法选择贫富
父亲像一棵多年生的茅根草
绿叶长在地表
气节埋在地下
让风霜砥砺命运
在心里渴望甘甜
肩上的扁担仿佛未曾歇息
身前担着粪土
身后担着稻谷
一个陈旧的斗笠注册了半生的

## 标识

父亲的生活因四季而生动
脚步稳重却永远走在犁铧的后头
花开花落
寒来暑往
在风雨中耕耘
在阳光下收获
如黄牛沉默负重
似毛驴蒙眼推磨
生活中没有繁杂的哲学
过程进行得简单而苦涩

像草一样生长
像草一样无奈
像草一样守望
像草一样衰败
在风的摇摆中作揖
在雨的抽打下低头
身体僵化成弓形的犁具
头颅定格成梦想的粮囤
锄头倒竖在塘边堤堰
立成了叩天问地的纪念碑

镰刀跌落在苗垄间
写就了五谷丰登的墓志铭

父亲命若草根
是一个传统的农民

2009.3

## 没有为父亲写悼词

父亲生前是一个农民
死后葬在西山冈的半坡上
经过了干旱的春天
经过了涝洼的雨季
父亲的坟头长出了一片茅草
茅草旁边时而跳动一只说话的乌鸦

厚道的父亲一生敏行讷言
摇曳的茅草让我想到了父亲凌乱的头发
我相信死后的父亲郁闷孤独了
不知道有什么心思需要乌鸦传达

平实地劳作
朴拙地度日
活着的父亲被生计压成恒定的状态
再大的喜不喜

再大的悲不悲
没有洞穿社会的曲直长短
却模糊了人生的酸辣苦咸

总觉得真爱在心里埋得很深
表达出来会显得矫情轻佻
为别人写了半辈子讲稿
却没有为父亲写一段悼词
记起孩子们在父亲膝前承欢
记起春节父亲酒后的微醺
恍然间我们把平实读成了冷淡
认为父亲平实得不需要温情和感动
（死后的父亲不能脱俗啊
在阴间不再压抑内心的孤独
他选择有灵性的乌鸦传递情怀）

有一首歌曲叫《常回家看看》
坟中的老爹盼儿子常回来谈谈

2010.7.27

## 父亲在阴间还是农民

按照我所在的村庄的风俗
隆重甚至有些奢华地安葬了父亲
在经幡的晃动和悲情的乐声里
父亲朴实而简洁的一生,仿佛
有了一些词不达意的注解
我感觉父亲像在温情的春天里
穿了一件崭新的大棉袄
一辈子没演过戏
死后却被重彩化了浓妆

父亲年轻时如一把锹或一把镐
年迈的时候如一副弓形的犁具
手臂上的青筋暴突血管很粗
却偏偏死在了脑梗塞上

正如自己无法左右自己的生
自己也无解消除自己的死

父亲去世后我一直猜想他的来生
在阴间父亲会整治他种过的花生和地瓜
还是继续照料他饲养的牛和马
抑或
父亲会因为一个相对奢华的葬礼
华丽转身
来生不再稼穑
后世不再农桑
有足够的条件到县城听自己喜欢的
唢呐独奏《一枝花》

我在父亲的坟墓上栽植了一棵松树
松树经过冬经过夏
茂密的针叶长得绿里透黑
我认为父亲快乐的转世了
却又发现树干上溢挂了一行一行
滴状的松油
风干的松油已经泛白
有些像父亲衣背上沉淀的碱
又有些像父亲眼角凝固的泪

由此
我知道
父亲在阴间还是一个平实操劳的农民

2013.1.1

## 与风耳语

漫卷过起伏连绵的山峦
穿越过长满芦苇和蒲草的湿地
带着喑哑的声音与我耳语的风
起源于故乡西山坡的那片坟茔

那片坟墓里静静地躺着我的先人
没有见过面的祖辈只能活在农耕的想象里
父亲的斗笠下遮掩着纵横的皱纹
定格在了我记忆的永恒里

风嘶鸣着与我悄悄耳语
把父亲的话语撕成絮絮叨叨的碎片
他问调皮的孙女学习成绩咋样
叮咛要照顾好老年痴呆的母亲

风儿仿佛不仅仅是传递声音的载体

它忍不住的旁白告诉我更多的信息
它告诉我夏季的雨水让父亲担忧
秋季摇曳的红高粱让父亲欣慰

我惊诧于风的跋涉与导航能力
不知道它怎样找到都市中我的位置
我在风声中听到一种丝丝缕缕的牵挂
潜意识里感受到了生命的传承

2011.9.27

## 心中有只鸟儿飞临

暑来寒往
村南的河水总在有规律地盈缩
当初秋的某一天我涉水而过
突然发现天空有一只不知名的大鸟在盘旋

阳光把鸟的影子投射在我的周围
陡增一丝神秘感
鸟儿滑动的姿态算不上矫健
让我想到了父亲在世时挑担的形态

从此我心中就经常有一只鸟儿飞临
这只鸟儿往往伴随着炊烟升起而来
又常常伴随着落日的辉煌而去
它经常栖息的地方是那片让我纠结的墓地

我想到自己死后也会变成一只眷顾的鸟儿

冥冥中关照着儿女们的安康
然后，抽出一些时间陪伴孤寂的父亲
去做自由却并不轻松的翱翔

2013.1.2

## 爹的坟堆在秋雨中寂寞

秋雨如约而至
淅淅沥沥敲打红的黄的叶子
山峦充盈着缠绵的雾气
冷风涌来
冰冷的感觉
仿佛置身于凄惨的故事

细密的雨丝不急不躁
每一次滴落都交割着深秋的信息
寒露已过
霜降又至
雨水让干旱的土地打个激灵
田野融于删繁就简的过程里

麦苗儿绿了
秋虫儿叫得弱了

田鼠忙着存粮
野兔忙着打洞
我在秋凉中想到了爹和娘

此刻
爹的坟堆在雨中寂寞
坟堆上的茅草在冷风中摇曳
娘的凝望里贮满了悲悯
无声的牵挂在烟雨中拉长

风声正紧
雨声正浓
我不知道如何能调适四季
温暖凋零的季节
也温暖打着寒战的心房

2015.10.25

## 父亲的地堰

这是一段带有弧形的地堰
窄窄的，长长的
中间有几处用瘦小的石块垒起
像一条破旧了的裤筒缀补的补丁
地堰的两边是返青的麦苗
如一件蓝色的褂子敞开了对襟

清明时节
一场细雨淅淅沥沥
把越冬的鸟儿赶回北方的山林
潮湿的地堰生动起来
荠菜苦苦菜泛绿
解毒去火的茵陈蒿灰白
一些不知名的野草紧贴地面
开出一些或淡或艳的花儿
蝼蛄蚂蚁忙碌着开疆拓土

机警的野兔偶尔也站在地堰,瞭望
远处潜伏的信息

地堰的那一头是一块坟地
那里埋葬着我已经离世的父亲
从地堰的这端望过去
父亲的坟墓像被一根草绳牵着

父亲曾常年在两边的田野里劳作
铧犁翻起的土地留下了一行又一行脚印
土地里生长过玉米大豆
也换茬种植过花生和地瓜
父亲曾经在地堰上歇息
左边放着尖顶的斗笠
右边放着快磨秃的锄头
吸一口劣质的纸喇叭卷烟
飘散的烟雾就带走了日子的沉重

今年的麦苗长势好
我不知道地下的父亲知不知道
只觉得烟雨中有人从地堰那端走来
似曾相识的脚步和佝偻的腰身
让我禁不住一阵一阵想哭

2014.3.14

## 母亲·太阳

是山枣的花儿
黄黄的,开成串的时候
是野菊花
挑起点点白星星的时候
我的心疼哟

小溪的水在泛波呢
春雨秋霜激起了漩涡
妈妈,您没有洗衣粉
棒槌声声,您敲着
一颗无形的心呢

是知了在树荫里
高声地叫热的时候
是冬雪
厚厚地封起了路面的时候
我的心疼哟

乡路正长呢
夏热冬寒隆陷的沟坎
妈妈，您裹尖的小脚
一步一挪，丈量着
射线式的爱呢

天上一颗不落的太阳
地上一张母亲的脸庞
不知什么时候，我开始了
我恒定的联想

1984.4

## 沉重的镰刀

八十三岁的妈妈老年痴呆
惯性思维停留在穷日子的年代
唠唠叨叨总担心吃不上饭
拾拾掇掇常忧虑穿不暖衣

有一天早晨妈妈难得地欣慰
说梦见山坡的谷子如满地的黄金
割了一夜的谷穗堆成山峦
瞧瞧，胳膊都累得抬不动了

从此妈妈就半身不遂了
低垂的右臂仿佛永远提着沉重的镰刀

2011.6.11

## 今夜的流水带有忧伤

河水又一次淌过
扰乱一地安宁的月光

其实,河水一直在淌
只是今夜的流水带有忧伤

晚风一缕疾驶而过
我隐约听到了妈妈喟然的惆怅

蝉鸣尚未远去
秋虫的呢喃已经次第登场

娘啊,草虫尚能情意绵绵
奈何八百里外我只能魂绕梦牵

2016.9.20

## 又见炊烟

静谧的晨曦,炊烟升起
释放出家的缕缕暖意
风把炊烟吹向远处
山村贴上了田园的标记

炊烟像母亲花白的头发
被岁月掠起就未曾落下
柴火熏烤的面庞有汗水沿皱纹流淌
油盐酱醋的日子在烟囱里爬上爬下

灶膛里燃烧的枯枝败叶
被烟囱升华为纯美的诗行
我的眼睛却常常湿润朦胧
因为心中珍藏着母亲忧郁的面庞

2009.3

## 妈妈，我怕

当石磨滚动一样郁闷的雷声
开始在漆黑的天幕下轰响
妈妈，我怕
您故事里的小白兔
也会在妈妈的怀抱里，眷恋着
暖暖的阳光
躲在幽深的树洞里，悄悄地
不说话吗

当晶亮的白霜，在夜晚
开始从湛蓝的天上无声地落下
妈妈，我怕
小篱笆架上的喇叭花
它那童稚的心还会对着如银的月光
吹吹打打，奏出向着一个方向
永远神往的小夜曲吗

当爷爷绷紧额上的青筋
开始在崎岖的盘山小路上,推车
上坡的时候
妈妈,我怕
这碾碎了多少汗珠的车轮
什么年月才能压平山的肩头
(我听见它忧郁地说
塘坳里常升起袅袅的炊烟
山那边也有几户扶犁耙的人家)
妈妈,那轮辐上的泥巴
可是爷爷凝固的泪花

1984.7

## 春天·奶奶的日子

太阳这只热情的候鸟
扑棱棱用金黄色的羽翼,融尽
阴坡所有的积雪了吗
呢喃的紫燕用返青的音韵
沿柴烟熏黑的屋檐,在寻找
杏花雨的记忆吗
奶奶,回春寒可是常有的
踮着小脚,您又在种豆点瓜吗
浇瓢泉水催催芽吧
讲个夏天的故事开朵花吧
秋天的屋脊是弧形的虹
青青的藤萝红红的果儿
一片一片会盖住您的白头发吗

东南风裹满了湿润的情绪
一片一片地涌来能催生童心吗

原野很广阔长满白杨长满松树
还生长藏在地堰上的苦苦菜吗
奶奶，天是蓝蓝的地是软软的
二月二龙抬头
您又在教孙子放风筝吗
用爷爷踩平的山路当引线吧
用爸爸犁头旁的叹息做风力吧
天空的云朵很洁白
一丝一缕会熨平您那布满
皱纹的心吗

童心是您的
春天是您的
奶奶，夏天雨很多秋天很辉煌
掐掐手指您算清楚了吗

        1984.7

## 让槐树的老枝长出新芽

弯腰
捡起一根根柴火
挖菜
走遍了家乡的东西山野
昏灯下缝补着衣裳
捣衣声里,纹痕爬满了
您的前额

昨天
您牵着我的手,走向
老槐树
您说它跟您一样的年纪
能做一套好寿器

晚上,我做梦了
您理理白发踮着小脚

操稳了犁把
我伏身背上套索
拉起了槐木耕犁
我期望播种春天的种子
让槐树的老枝长出
嫩绿的新芽

1984.9